Julia Sehrt

KINDER DES ZODIAC
Sternzeichenmärchen

story.one – Life is a story

story.one

1st edition 2024

Production, design and conception:
story.one publishing - www.story.one
A brand of Storylution GmbH

Font set from Minion Pro, Lato and Merriweather.

ISBN: 978-3-7115-0479-1

Für Viktoriya,
meine Mutter

INHALT

König Zodiac war alt

König Zodiac war alt,
Er kränkelte, ihm wurde kalt,
Regierte lange er die Welt -
Ziemlich seit Anbeginn der Zeit!

Er wurde schwach und lag im Bett
Und seine große Silhouette -
Einst stattlich und so majestätisch,
Jetzt wie vergammelte Courgette

Die Kinder seiner kamen dann,
Die Erben, zwölf es an der Zahl,
Doch manche waren sie zu zweit
Oder mit Herold, oder Rat,

Oder mit Heer, oder allein,
Jeder sich präsentierte fein!
Jedes Erbe wollte klar
Die Krone für sich beschlagnahmen

Geschenke brachten sie und Güte
Und Pirouetten und Salute
Und manche wollten machen Angst
Und andere waren gemütlich

Den Vater König zu beeindrucken,
An seiner statt dann zu regieren -
Das Ziel von allen zwölf der Erben -
Sie scheuten nicht zu manipulieren!

Ihre Vorträge kommen nun
Und zu entscheiden hast du Lust,
Welch Kindchen Ehre denn besäße
Die Last der Krone zu kapieren?

Doch bevor sie dann regieren
Jemand noch das Wort ergriff
Wer es war und was er sagte,
Nun, lieber Freund, bleib hier und lies

DIE ERSTE ARIE. Der Weg des Widders

Er ist der Erste der Entdecker,
Der erstgeborene Sohn
Durchbrechen Mauern, Wände, Grenzen -
Erweitern Horizont

Mit Feuerkraft und Rammbocksteinen
Die Risse schlagend durch die Wand
Mit Willenskraft und klaren Taten
Den Weg er sich nach vorne bannt

Ein Feuerkind mit Flammenwerfern
Wegbrennen alles rund,
Damit die Straße in die Ferne
Für Spätere hinführt

Er braucht Platz, Ressourcen, Raum,
Wegwerfen den Ballast,
Er ebnet Pfad zu Autobahnen,
Er ist der erste Gast

Zu stur, zielstrebig und unbiegsam
Wie solche sucht die Welt
Ein Pfeilschuss aus Feuerbogen -
Der Mars ist sein Planet!

Erkämpfen Recht und Recht behalten -
Grausam und stark,
Zu bändigen ihn zu versuchen -
Welch törichter Anfang!

Hörner und Stirn - die Ambosshärte,
Hammerschlag - der Preis,
Temperatur wie Kern Planeten,
Augen so dreist

Er weiß, er ist das Erbe Ganzen,
Erstgeborener Sohn,
Was er sich unter Hufe reiße,
Ist seine Garnison

Bleib hier, mit ihm an deiner Seite
Noten steter Gliss
Aries, der dir Lieder singt,
Ihn bloß nicht vermiss!

Stark umkämpft um seine Kinder -
Egal um welchen Preis
Er ist der Erste,
Er ist Widder,
Zersprenget jede Farce

Die erste Arie dir singen
Aries immer wird
Er ist der Erste,
Er ist Widder,
Hart wie Stalagmit

Er nimmt sich Platz, Ressourcen, Raum,
Erbaut den Palast
Mit Feuerschalen,
Flammenwerfern,

Widder -

Erster Gast.

TAURUS MAGNUS. Die Größe des Stiers

Aus jeder kahlen Erde, jedem öden Fleck,
Werde ich Gutes erschaffen -
Wie es steht und fällt
Mit meinem grünen Daumen
Und dem goldenen Einhorn
Die Fülle, wie du sie nicht kennst,
Werd ich hinbekommen.

Cornucopia, das Füllhorn,
Davon hab ich zwei,
Was ich mir auch vornehme -
Es blüht dann und gedeiht!

Nach jedem meiner Schritte
Durch der Einöde Glut
Sich Fruchtbarkeit ansiedelt
Und jede Tasche füllt

Ich sehe klar das Ganze
Und ich sehe es detailliert
Wenn etwas kränkelt, fass ich's an

Und plötzlich: es geniert!

Ich bin so groß und gütig,
So träge und so zahm,
So gründlich und behutsam,
So stark und filigran

Meine Kornkammern sind immer voll,
Die Böden stets fruchtbar
Es duftet nach Gebackenem,
Es schmeckt so wunderbar!

Ich sing der Erde Lieder
Und sie erblüht alsbald
Sie schenkt mir ihre Früchte
Sie lädt mich ein zum Bleib

Sie dankt mir lieblich-süßlich
Für meine Zärtlichkeit
Sie küsst mich jeden Morgen
In stiller Dankbarkeit

Sie nährt mich und ich nähre sie
Im Kreislauf der Zeit
In Blumen eingebettet,
Kammern voll Getreid'

Truhen voller Münzen,

Gärten voller Obst,
Gäste so zufrieden,
In keiner Seele Frost

Cornucopia, das Füllhorn,
Davon hab ich zwei,
Willkommen zum Genießen,
Zum Laben so, so fein!

Bedien dich - alles mundet
Deliziöse hier
Alles groß und großartig
Bei mir, deinem Gourmet

Ich bin der Stier, das Arbeitstier,
Der große Taurus,
Doch neben Arbeit nie zu kurz
Mir kommen darf Genuss

Cornucopia, das Füllhorn,
Davon hab ich zwei,
Reichtum, Fülle, Überfluss -
Genießen und gedeihen!

Erlesen und erkennen
Den besten Speis und Trank hoch vier!
Mein lieber Freund, sei stets willkommen -
Zu deinen Diensten, Stier.

GEMINI. Zwillinge zu zweit

SIE ist meine Muse,
Ab und zu küsst sie mich
Wir liegen gern im Bett des Nachts,
Der Wonne süßes Gift

Ihr Körper so betörend,
Haut seidenglatt,
Wir liegen gern im Bett des Nachts -
Am allerliebsten nackt

Sie hat viele Gesichter,
Und doch nicht alle davon
Das Glück ich bereits hatte
Für mich zu sehen bekommen

Ich muss es auch nicht sehen -
Es reicht mir ihr Geruch,
Ich gleit hinunter zum Bergefuß -
Ein Segen und ein Fluch

Sie macht mich nach ihr süchtig -
Wie mein Lieblingswein -
Vom Château anno sowieso -

Es ist so surreal

Früher, da war ich ängstlich,
Dass ich sie verlier,
Später lernt ich Lügen -
Ich sei ein Juwelier!
Ich schenkt ihr Edelsteine
Aus Sternenlicht -
Es war hypnotisierend,
Sie hat sich dann verliebt

Wenn wir gemeinsam fliegen,
Hinauf vom Altar,
Ich weiß sie zu verführen,
Sie bleibt für mich dann da

Sie ist meine Muse,
Sie kommt so gern des Nachts,
Sie lässt mich nicht mehr schlafen,
Ich bin seit Wochen wach -
Pupillen weit wie Seen,
Ihre Iris aus Nephrit,
Sie schwor mir letzte Nacht,
Dass ohne mich es sie nicht gibt!

Sie ist meine Muse,
Wir liegen nackt im Bett,
Wir staunen darüber,

Wie heiß unser Planet,
Wie hoch Himmelsgewölbe,
Wie spitz unser Altar,
Wie feucht die Sommernächte,
Wie dufte unser Haar

Inzwischen weiß ich sicher:
Ich bin ihr Lieblingswein
Weggehen wird sie niemals,
Sie ist auf ewig mein!
Denn sie ist meine Psyche
Und ich bin ihr Amor
Ins parallele Jenseits
Sind wie zwei das Tor

Immer eingeladen
Zu uns wirst du sein
Vergiss nicht - es gibt zwei von uns
Und vergiss nicht den Wein!

Wie Janus - zweigesichtig, Merkurs heiße Luft,
Leichtigkeit und Leichtsinn,
Hedonismus und Anmut,
Und sie - als meine Muse,
Und gleichzeitig bin sie ich,
Wir liegen gern im Bett des Nachts,
Liebe, Lust und Gift.

PATER NOSTER. Vater unser, der Krebs

Der Pate, the Godfather,
Ein Mafia-Patron,
Sein Kreis verschließt sich,
Schicht für Schicht -
Du wirst da nicht reinkommen.

Vorsichtig und bepanzert,
Auf alles er gefasst,
Er überlegt´s sich dreimal
Vor jeder Wahl und Tat.

Manchmal undurchschaubar,
Ein wenig grausam,
Doch alle Gräuel für das Gute -
Nix Diskussions-Basar!

Wortkarg und umsichtig
Wie ein Pfau im Revier -
Er lässt sich nicht auf Neues ein,
Genie und Kavalier

Für seine Sippe gerade
An der Wand er stehen wird
Und wenn nötig, dann
Auch wild baumeln im Wind

Für die Familie sterben -
Der Sinn des seinen Da,
Seine Liebe - unergründlich,
Sein heiligster Altar

Wie Siebenschläfer-Nächte -
So heiß und schwül und lang
Seine Gedankenstränge,
Anstrengend sein er mag

Seine wahren Werte
Abgeben wird er nie
Grausam und gütig
Ein Krebs, kein Surimi

Ein Pate einer Sippschaft,
Mondschein ist sein Patron,
Er lässt sich auf nichts Neues ein
Oder wird ein Champion

Pater Noster im Himmel,
Treu bis ins Weltall,
Zangentier, das niemals
Loslassen wird seinen Gral

Fürs Leben oder für gar nichts,
Vor jedem Wort ein "Erz-"
Du wirst ihn nie abschütteln -
Er ist einfach Krebs.

Wie tiefstes Wasser dunkel,
Wie kein zweiter treu,
Geschlossene Gesellschaft,
Fremde nicht willkommen.

SOLAR REXUS. Löwe, der Sonnenkönig

Der König aller Tiere,
Ruhm und Gelder,
Soffitten auf der Bühne -
Unverwechselbares Licht!

Erscheinung, welcher niemand ihresgleichen
Im Universum überhaupt jemals finden wird!

Unglaubliche, volle Kaschmirmähne,
Verflochten darein Edelsteine rar,
Der Raum, den er dann betritt,
Erfüllt Planeten -
Der hellste Stern am himmlischen Altar!

Der Gang ist langsam
Und der Blick tiefgründig
Die Stimme - wie der tiefe Kontrabass
Sein Blick durchströmt die Strahlen
Deines Herzens,
Noch niemand in der Lage war und ihn vergaß!

Ein Leader, eine goldne Everest-Spitze,
Oder wie Matterhorn, wenn Sonne aufgeht,
Er hat alles im Blick -
Jede Geweberitze
Von Zeit und Raum
Beugt sich seiner Souveränität!

Monarch und König,
Zar oder Sultane,
Auf Lebenszeiten Herrscher
Der Gezeiten Flut -
Seine Erscheinung spaltet Dimensionen,
Der Knotenpunkt des Multiversums sich drin auftut!

Die Eltern seiner - Sonne und Uranus,
Und er von Anfang an geborener Showstar,
Obwohl die Show machen
Er nicht wirklich einmal braucht -
Ein Zucken seiner Wimper
Ist schon ein Ereignis, klar!

Egal was tust du - er wird dich überschatten,
Gefasst dich machen darauf du sollst
Den roten Teppich trag immer in petto,
Sein Feuer lösche nie, in keiner Not!

Er ist ein Löwe, Leo Zodiacum,
Die Energie wie seltenes Servíce,
Ein Blick von ihm - ein Aphrodisiakum
Seiner Magie kann niemand sich entziehen!

Der König aller Tiere und der Menschen,
In seinem Bann ist ganz unser Planet,
Sein Zauber umwälzt wie ein Tsunami

Der Löwe -

Hellster Stern am Firmament!

VIRGOS GOLDVERSE

Ich bin die Weberin der Zeit,
Der fünften Dimension,
In kleine Maschen raus und rein -
Hoch lebe Division!

Detailverliebt ins Kleinste bis,
Absolut filigran,
Zarte Finger, Sonnenbliss,
Reinheit des Urans

Eine kleine Magd in Nöten?
Hoch der Horizont!
Ich bin zäher und frivoler
Als Polemarchs Garnison!

Meine Hände - klein und flink,
Der Griff stark und final
Oft unterschätzt durch meine Sicht -
Berechenbar banal!

Meine Haut dich erinnert
An Laken frisches Bett,
An Blumenmeer im späten Sommer,
Und meine Silhouette
Ist wie die Sanduhr, sodass suchen
Nach jedem Korn du willst,
In jedem Grübchen, jedem Fältchen
Versteckt sich ´n Paradies!

Wenn ich lache, dann erbeben
Diamanten freier Fall!
In meinem Schoß liegt tief verborgen
Des Lebens heiligster Gral

Ich bin sehr gründlich bei der Suche,
Das Tor zu meiner Welt
Passieren wird, wer sich erweise
Als Lebens größter Held!

Was ich anfasse, sich zu verwandeln
In Gold alsbald vermag
Holde Venus, meine Freundin,
Schönheit bis ins Mark

Aphrodite lehrte mich
Der Künste Einsatz wahr
Bodenständigkeit und Reinheit
Heiligster Altar

Fester Griff und Geist pragmatisch,
Weberin der Zeit,
Keine Nöte - nur die Jungfer,
Die lasset mich sein

Unantastbar hold und dufte,
Wüstenwissensdurst,
Jungfrau, Virgo, zu Ihren Diensten -
Niemals ein Verlust!

Ich kontrolliere Dimensionen,
Aus dem Schatten regiere ich die Welt,
Königin Virgo, Jungfrau die Schöne,
Merkur der Winzling ist mein Planet

Saftige Fülle im Frühherbst,
Spätlese, süßester Wein,
Saphir-Edelsteine und gelber Jade,
Jungfrau, auf ewig dein!

LIBRAS LYRIK IM GLEICHGE-WICHT

Niemanden interessiert, was du denkst.
Was du fühlst oder träumst - noch weniger
Welche Waagschale Endes denn überwiegt -
Die der Lügen oder die, die Lügen hemmende?

Ist die Nachfrage es oder das Angebot?
Illusionenversprechungen tummeln sich
Augmented Reality, Parallelwelt,
Nur den Unterschied, den erkennst du nicht.

Wenn den Unterschied du
Nicht einmal erkennst,
Sag mir ehrlich,
Welch Rolle es denn dann spielt?
Wenn du sehen und fühlen kannst,
Was dir beliebt -
Einerlei ist dann doch,
Was um dich drum geschieht!

Politik und Vermittlung, ein ewiges Schauspiel,
Die Akteure der Zunft meiner besser bezahlt,

Wir erwecken den Eindruck wo es entlang geht,
Überzeugen und wissen, welcher Hebel wo greift

Wie Justitia blind, nur der Hauch des Winds
Ihre Waagschalen leicht falsch bewegen kann,
Also schwinge ich selber
Mein Gerechtigkeitsschwert,
Lieber tue ich's selbst alsbald und alsdann!

Nicht umsonst habe Venus es mich gelehrt -
In der Liebe blind wie im Leben selbst,
Wenn ein anderer neben dir im Raum steht,
Kompromisse eingehen, auf eigenen bestehen

Es ist niemals eindeutig, stets relativ
Goldnen Sandpulver ich in die Augen streue
Damit du und die anderen und Justitia selbst
Mich nach Augenbinde fragen,
Worüber ich mich freue

Denn dann träumen können
Erst recht zusammen
Alles was ihr wollt und was euch beliebt
Wer gesagt haben soll, die Wahrheit sei einmalig,
Diesen Deppen auf der Welt
Es doch gar nicht mehr gibt!

Habt ihr je überlegt, was gutes Marketing ist?

Denn es heißt nicht umsonst,
Name sei Programm!
Ich bin Libra, ich bin die Gerechtigkeit pur
Alles, was zählt, in meiner Mitte begann

Libra klingt wie Libertas, die Freiheit selbst,
Und so gebe ich dir die Freiheit der Wahl,
Libra ist nah am Liber,
Dem Buch und der Schrift,
Meine Weisheit besteht seit tausend Jahr!

Nicht vergiss, lieber Freund,
Was ich anfangs gesagt -
Keine Seele auf dieser Welt wirklich gibt,
Keinen Menschen, geschweige denn
Menschengruppe,
Für die Gefühle deiner die sich interessiert!

Also biete ich dir eine Lösung von mir:
Virtuelle Welt und Simulation
Möglichkeiten durchrechnen
Und spielen du kannst
Ohne dass dich zermürbet jemandes Zorn

Mein Gerechtigkeitsschwert habe immer parat
Aus der Scheide zu ziehen es geht rasend schnell
Luft der Freiheit und Liebe ich biete dir an -
Bleib bei mir, bei der Libra, in meinem Kartell.

MACHT DER SKORPIONE

Ein Schalentier,
Gepanzert,
Wie ein Soldat im Wind
Ein Krieger -
Seinesgleichen wirst nirgendwo du finden.

Flink, schnell, unbezwingbar
Wie ein Avatar,
Wenn er dich sichtet - hüte dich,
Du bist dann in Gefahr!

Dein Leben, kann man meinen,
Von seiner Lust abhängt,
Von Laune des Windes,
Blätter im Herbst verweht

Wie Spinne, nur viel schlauer,
Kriegstaktik, die ihm liegt,
Unberechenbar und passiv -
Passiv aggressiv

Wasser, Mars und Pluto -
Seine Gestirne und sein Dach
Oh Liebes, fliehe einfach,
Donner, so viel Krach!

Kaiserlich und giftig
Ohne ein Gegengift
Greifzangen und ein kaltes Herz,
Brustpanzer immer dicht

Ein Killer mit Instinkten,
Irgendwie schön und karg
Sein Opfer ganz unwissend,
Er selber ist ein Warg

Leise und tiefgründig,
Nachtragend und bizarr,
Flink und wagemutig,
Selten, sogar rar

Nachtaktiv in Tropen,
In Wüsten - Sonnenkind
Ein Krieger ohne Kodex,
Kämpfer und Assassine

Tiefgründig wie das Wasser,
Was vom Novemberhimmel fällt
Schön und wagemutig

Und ein Antiheld

Unsichtbar wie der Pluto,
Sein Patronus-Zwergplanet,
Exzentrisch und verborgen
Bis der Schleier fällt

Solltest du ihn finden,
Kommst du ihm zu nah,
Dich wieder loszureißen -
Es ist Lebensgefahr!

Mag sein, dass dir begegnen
Wird noch eine Million,
Doch niemanden verwechselst du
Mit einem Skorpion

Wenn du ihn siehst, dann fliehe
Solang die Zeit noch da
Er ist mit Gift volltränkt
Und du bist in Gefahr

Eine Schar und eine Liga
Oder gar dein Klon -
Doch dein Herz, das schnappt er sich -
Er ist ein Skorpion

SAGIS SAGA

Sagittarius, der Schütze,
Des Lebensbaums kostet Frucht
Die Pforte zu den Toren heilig
Er im Dezember auftut

Dezember war der zehnte Monat,
Doch zu den zehn sie machten zwei,
Wollüstig und ganz neu geboren
Halb-Mensch, Halb-Pferd, welch Stichelei!

Von Königtum so überzeugend,
Als würd ihm schenken Goldpalast,
Er reitet durch die zwanzig Welten,
Unter den Sternen niemals Rast!

Verschießt die Pfeile einmal giftig
Und andermal sie so verliebt,
Amor ihm neidisch stets zuschaut,
Gedichte schreibet Hippolit

Jupiter-Monde ihn bewachen,
Am Firmamente Feuerglut
Dynamisch und so energetisch
Er neue Welten aufsucht

Als Horde oder Einzelgänger,
Entdecker, Herrscher, Führungskraft,
Er seine Schafe stets anleite,
Zentaur, königlich Gestalt

Direkt und ehrlich und so mutig
So vieler Kanten Edelstein!
Die Scherze sind zum Lachen stechend,
Sein' Namen meißelt ins Gestein!

Lapislazuli und Türkise
Wie Sternenhimmel über ihn
Die Mähne lang, der Blick tiefsinnig,
Tiara voll Ultramarin

Schau nicht weg, denn kurzer Blicke
Und dir entwichen er bereits!
Zentaur, Schütze, Mondessichel,
So rasend schnell und schnell weg weit

Entdecker Welten weiter Meere
Und unerschöpflicher Gefild -
Die Sagittarius-Affäre,
Das neunte, wundersame Kind.

KAP DES CAPRICORN

Am südlichen Wendekreis,
Auf der Klippe am Meer,
Staatsmännisch und fabelhaft
Ich stehe und sehe
Über das Lichtermeer,
Der Stadt meines Grals,
Mein Heiligtum Erde,
Solide sakral

So treu und gesittet
Bewach ich den Tag,
Die Nacht und die Dämmerung,
Bis der Morgen erwacht
Und die Sonne, die aufgeht, in ihrem Zenit,
Es muss einfach alles stimmen -
Unter Göttern Mitglied

Gefühlskalt und zärtlich gleich,
Verstehe im nu,
Wo Haken denn hängen mag,
Wo ist meine Gnu

Einest, da blieb es mir
Sehr wenige Freud,
Denn mein Freund und Gefolgschaftsmann
Mich hängte ans Kreuz
Ein Kind, was das Licht gebracht,
Die Seelen erweckt,
Zu foltern entschied man sich,
Doch jetzt feiert Planet
Geburtstag des meinen,
Das Lichterfest-Meer,
Millionen weltweite Seelen
Mitten in Bethlehem
- Dort begannet die Reise
Und andaueret fort
Und manche behaupten,
Ich sei deren Gott

Ein Gott, welcher Hufe
Und Hörner besaß -
Du hörst Ironie
In diesem meinen Versatz!

Die Menschheit so Aberwitz,
So lustig sein kann!
Denn ich bin nicht mal selber Mensch -
Dieser ist Wassermann!
Und ich komme gleich vor ihm,
Die Erde so eben,

Ich möchte das Gute bringen
Wir uns alle Müh' geben

Zusammengesetzt
Aus Bestem, was gibt,
Ein Ziegenfisch, Liebes -
Ironie dich umgibt!

Manchmal wortkarg,
Doch Gefühle sehr stark
Und bockig, denn wie denn sonst
Ein Steinbock sein mag?

Am südlichen Wendekreis
Jeder finden mich kann
Ich bin überall,
Doch am ehesten dann

Zusammengesetzt
Aus Bestem, wo gibt,
Ein Capricorn, Ziegenfisch,
Genau, das bin ich!

Lichtbringer und Gottessohn,
Deiner Seele Patron,
Dein Fels in der Brandung,
Dein Capricorn.

NIX WASSERGEIST! Wassermanns Dilemma

Ich wache über Wasser,
Doch in Wahrheit bin ich Luft
Unverkennbar explosiv,
Die Neuerungen tut!

Als einziger von allen
Als Mensch geboren bin,
Egal was tu und sehe -
Ich suche nach dem Sinn!

Dreist und egozentrisch,
Egoistisch wunderbar,
Innovativ und impulsiv,
Gleichzeitig fern und nah

In meinem Krug - das Wasser,
Des Lebens ew'ge Flut,
Lebendig und vergiftet,
Zwei Strahlen, kalte Glut

Meine Luft zu atmen -
Abenteuer quirlig Geist!
Wem auch ich begegne,
Begegne ich ihm feist

Wenn lieben, dann zu Ende -
Sekundenschneller Pfeil,
Wenn hassen, dann abgründig -
Eingehen und gedeihen

Kopf aus den Wolken,
Verträumtes Monet-Bild,
Romantisch, aber grauenvoll -
Der Zweck heiligt die Mittel!

In meiner Mitte bin ich nie -
Sie ist quasi nicht da,
Explosiv und intensiv -
Ich bin ein Wasserfall!

Als einziger von allen
Als Mensch geboren bin,
Der Lüfte kleines Kindchen,
Ein Wolkenkopf mit Sinn

Aquarius ohne Aqua,
Die Fische schwimmen weg,
Uranus ist mein Planet,
Mit dem ich alles feg!

Kreativ freiräumig,
Ich breche alles weg -
Manchmal fällt zum Opfer
Meiner Neugierd' die ganze Welt!

Den Weg ins Unbekannte
Durch alles ich mir bann -
Ein Funke, und ich explodiere -

Ich bin ein

Wassermann!

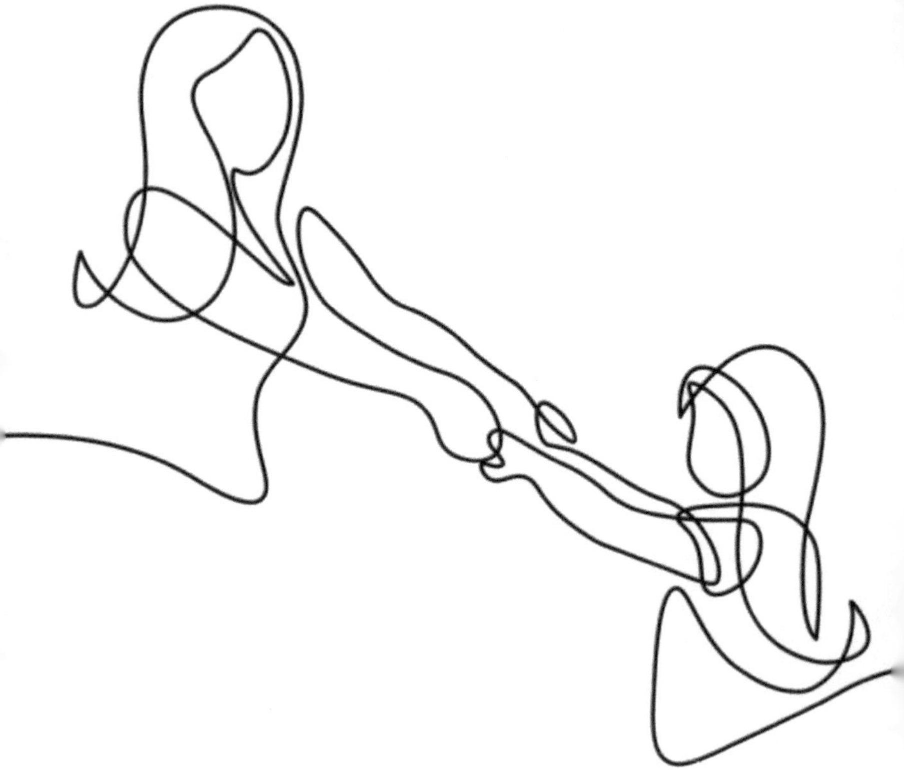

FALLING INTO FISHES. Der Fische freier Fall

Fische, fishes, pisces, pieces
Kleine Wesen in der Flut,
Wir fühlen dich, wir fühlen alles,
Das Wasser unsrer Seelen Glut!

Wasserfest und todessicher,
Lebendig und zum Sterben nah,
Ein Tanz entlang der Rasierklinge
Und Anglerhaken stets greifbar

Ohne einen Blick - wir wissen alles,
Antennen fein und Wasser klar,
Wir sind empathisch und behutsam,
Wir warnen dich vor der Gefahr

Mit uns gesättigt tausend Leute,
Abermillionen auf der Erd-,
Vermehren uns so schnell in Scharen,
Verschanzen unsrer Seelen Herz

Wir sind wie Flammen kleiner Seelen,
Leuchtfeuer weiter Meere hell,
Versuchen Lösungen beisteuern,
Und Leiden lindern für die Seel'

Wir sagen viel ohne zu reden,
Wir sehen alles trotz der Nacht,
Wir fühlen und durchströmen alles,
Egal wie weit und unbedacht

Wir sind sehr weise und in Scharen
Intelligenz unsrer Gestalt,
Kollektivismus und doch einzeln
Autonomie und gruppenweit!

Empathie und zuversichtlich,
Auch wenn Verschwiegenheit,
Tiefgründig wie Marianengraben,
Wissen der Unendlichkeit

Wir sind Fische oder Pisces,
Kleine Pieces im Detail
Lass dich fallen, dich wir fangen
Und deine Seele wird gedeihen!

Wenn wir könnten, dann wir würden
Retten unseren Planet,
Reinigen und Illusionen

Weg beschaffen aus der Welt!

Fall in Stücke, fall in pieces,
Die Details so filigran,
Wir sind zärtlich aber standhaft
Nicht jeder so etwas abkann!

Neptun, unser Himmelsvater,
Und im Meere - Poseidon
Wir sind klein und stark und gütig,
Für ewig sind wir dein Patron

Lass dich fallen, denn das Wasser
Dich auffangen immer wird
Und wir, die Fische, deine Schwestern,
Dich stärken bis in dein' Zenit!

Der Weg des Wassers hat kein Ende
Und auch sein Anfang ist nicht klar
Und so sind wir, die Schwestern Fische,
Für Ewigkeiten für dich da

Wir zeigen dir den Weg nach vorne
Behutsam und so filigran
Den Tierkreis schließen und versiegeln -
Vertraue uns
Und unsrem Band

Alle zwölf sie waren nun

Alle zwölf sie waren nun,
In ihren Adern pochte Blut -
Sie standen da und warteten,
Was Vater sagen ihnen sucht!

Doch Vater hustete vielmehr,
In seinen Augen die Leere,
Entscheidungsfreudig schien er nicht,
Welch Schade ums Manipulieren!

„Oh Vater, was, was ist denn nun
Auf die Folter spannst du uns!
Wer darf an deiner statt regieren?“
Doch Vater schwieg und schwitzte nur

Als plötzlich Tür sich auftat
Und darin stand eine Gestalt
So schlank und groß und wunderschön
Dass Kinder dachten, welch ne Show!

Kein Gast oder vielmehr kein Freund,
Er wusste, er sei nicht willkommen,
Doch sich noch länger wo verstecken
Ertrug er nicht und sprach sofort!

Und was er sprach wie Bombe schlug!
Wie Bogenpfeil Überzug!
Unglaublich für alle Ohren!
Zodiac stöhnte, trank einen Schluck

„Was machst du hier? Du solltest weg!
Ich schenkte dir deinen Planet!“
„Nein Vater, was du mir getan hast
War Folter eher als Geschenk!“

Unruhe unter Kindern kam
"Vater? Wie nennen er dich kann?"
„Was für ein Hochstapler, wer ist das?“
„Wie wagt er es?“
„Schafft ihn hier raus!"

Doch junger Mann sehr ruhig blieb
Und so beschloss dann Kind für Kind
Ihn anzuhören sich einmal,
Bevor man Weiteres entschied

DER SCHLANGENBETRÜGER?

***Ich** bin der geheimnisvolle Schlangenträger,*
Seiner Gnaden ewig vergessenes Waisenkind,
Vom seltensten Blute der Abstammung,
Es wirkt fast so, als ob ein Fluch auf mir liegt

Wie ein Prinz in die Fremde verstoßen,
Ohne Aussicht für ewige Jahr',
Zwischen Kriegern und Schützen
Im Kampffeld vergraben,
Damit keiner mich zu finden vermag

Ich habe sehr heilvolle Kräfte,
Etwas Magisches in meiner Hand,
Meine Augen sehen durchs Dunkel,
Meine Zunge alle Flammen entfacht

In meinem Körper die Linie
Von unverkennbarer Agilität,
Resilienz meiner Psyche unglaublich,
Biegsamkeit und Stabilität

Alle Nymphen und Knaben

Und Männer und Magd,
Alles Atmende,
Was sich bewegen kann, -
Ich bin leise
Und bewege mich wie ein Tiger im Schnee,
Zieh sie alle dennoch in meinen Bann!

Solche Menschen wie mich
- Diamanten im Dreck -
Und nein,
Anzugeben ist hier nicht meine Absicht! -
Solche Menschen, die sperren die Herrscher weg,
Und verbergen sie dem der anderen Blick!

Niemand, nirgends - das wissen tue immer ich -
Hatte jemals von mir auf der Welt gehört!
Manchmal wehmütig, andermal völlig egal -
Ich umarme mit Anmut den Horizont

Schlangenträger, die Dreizehn,
Das der Unglückszahl Kind,
Ich für ewig ausgestoßen zu leben bin -
Ist mir recht; Qualitäten verborgen sind
Und schon lange erfrage ich nicht den Sinn!
In die Wüste, da ziehe ich mich zurück,
Am Äquator spazieren am liebsten ich mag,
Viele Jahre nicht einmal einen Namen besaß -
Ausgestoßener, Hochstapler,

Impostor, Schiffswrack!

Meinen Namen verriet mir ein altes Weib,
Dem ich ihre Sehkraft zurück geschenkt,
Sie erkannte mich, schrie,
Auf die Knie fiel und dann:
"Prinz Ophiuchus, ihr lebt?!
Welch Wunder geschehen!"

In den Märchen und Mythen erkannte man mich
Als Apollons Kind, kleines Prinzen wahr,
Alle Sorten Liebhaber liebkosten mich,
Bis der Zorn des Zeus mich endgültig verbannt

Mich am Himmel verstecke ich
Seitdem ohne Mitgift,
Elemente beraubt, mein Status nicht da,
Keiner kennt mich -
Ob Segen oder Fluch auf mir liegt? -
Die Zahl Dreizehn passt nie,
Passt in kein Menschenjahr!

Schlangenträger, Ophiuchus, Betrüger und Prinz,
Heiler, Hexer, Verstoßener, ein Waisenkind -
Viele Namen und doch keiner,
Der mir so richtig recht ist -
Für die Ewigkeit Dreizehn -
Dreizehn bin ich...

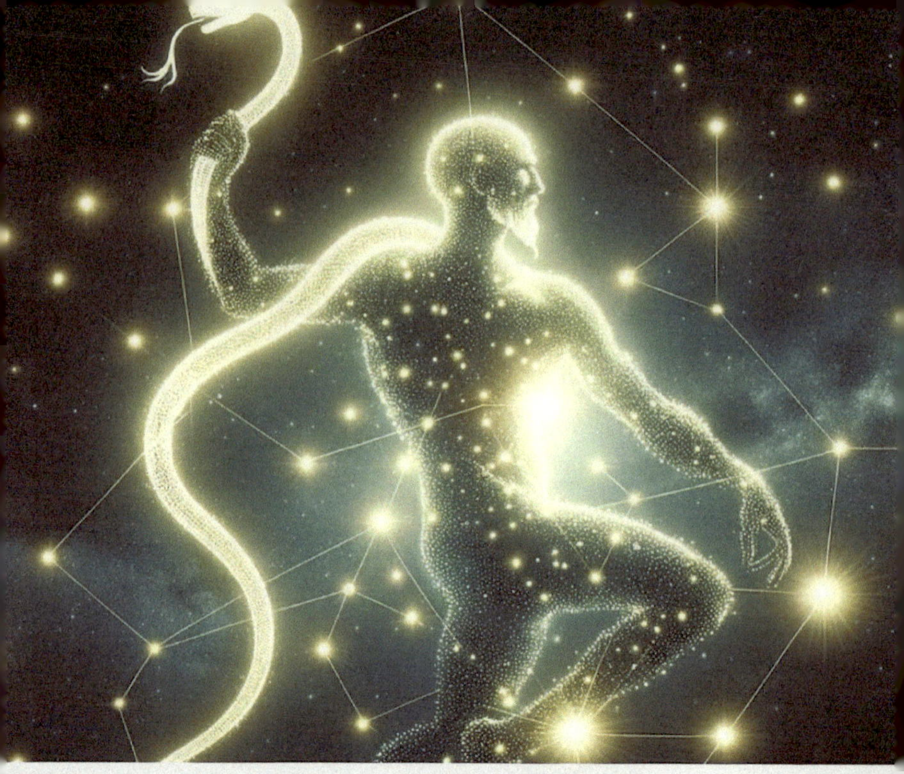

Reaktionen & Showdown

Unterschiedlich fallen aus
Der Kinder Reaktionen -
Krebs behauptet kaltblütig:
"Fremde nicht willkommen."

Fische ihrem Bruder weinend
Fallen um den Hals:
"Es tut uns so-so leid, mein Lieber!
Wie kann man nur so sein?!"

Tumult entsteht und Streit und Lärm,
Von allen Seiten Krach,
Doch Zodiac, er kämpft sich hoch,
Den Schlangenträger in Betracht -

Er greift ihn an, so überraschend,
Dass keiner's kommen sah!
Er schleudert ihn direkt zu Boden
Durch den gesamten Thronsaal!

Der Schlangenträger aufersteht,
In seiner Dornenkrone Blut

Die Dornen teils abgebrochen,
Es schlägt aufs Gemüt!

Die Kinder sind völlig schockiert,
"Die Show im Palast!"
"Warum ist unser Vater wütend?"
"Der hier ist doch nur'n Gast!"

"Ich will nicht kämpfen! Hör mich an!"
"Du solltest hier verschwinden!"
"Ich habe nichts Böses getan!
DU bist der Tyrannisierende!"
"Verschwinden einfach weg du sollst!
Für alle Zukunft gleich!"
"Ich bin genauso dein Sohn!"
"Das Chaos ist dein Reich!"

"Warum hast du mich weggeschickt?
Was ist an mir nicht so,
Dass ich nicht bloß hier leben könnte,
Mit den anderen am Hof?"

"Die Ordnung aller Dinge du
Für immer hast gestört -
Dich ausradieren ist meine Pflicht -
Ich gab dir Leben
Und nun geb ich dir den Tod!"

Zum Kräfte Messen kommt es dann
Mit Energie und Licht!
"Ich befahl dir nie zu kommen!"
"Ich bin auch dein Kind!"

Licht und Blitze,
Schlangensprache,
Groll und Donner überall -
Zodiac fällt und Schlangenträger schreit:
"Das ist doch nicht normal!
Ich bin ein Heiler und kein Killer -
Deswegen kam ich nicht!
Ich will auch nicht hier regieren -
Ich trat einfach ins Licht!
Brüder, Schwestern, Tiere, Kinder,
Ich wollte einfach bloß
Euch wissen lassen, ihr habt noch einen Bruder -
MICH! - Den Ausgestoßenen!
Entscheidet selbst über das Erbe!
Und ich ziehe dann,
Wie ich gewohnt bin - in weite Ferne -
Und eher bald als wann!"

Und weg war er so plötzlich
Genau wie er kam,
Doch dann passierte etwas,
Was niemand vorhersah!

Zodiacs Nachwort

***Zodiac**, der alte, kranke, sterbende Mann*
Plötzlich majestätisch
Und völlig gerade stand!
Seine weise Güte
Las man ihm im Gesicht,
Er mochte alles tun und lassen,
Doch sterben - das nun wirklich nicht!

"Vater? Du genesest?"
"Wie kann so etwas sein?"
"Was ist hier grad passieret?"
"Wer ist nun Erbe dein?"

Und wieder der Tumult,
Doch Zodiac laut schrie:
"RUUUUUHHHEEE ALLE MÄNNER,
ALLES WEIB UND VIIIEEEEHHH!!!!!"

Still und unterwürfig standen alle dann
Für Zodiacs Verkündung,
Das neue Kapitel begann:

„Der Schlangenträger, mein armes Kind,

Angegriffen hab ich ihn!
Doch weder kämpfen noch mich töten
Kam in seinen Sinn!
Stattdessen mich geheilt er hat -
Mit seiner Kräfte Hand!
Zur neuen Lebensenergie
Er mir vorhin verhalf!
Meine Fehler eingesehen
Ich gleich allesamt!
Es tut so weh, denn nie gutmachen
Sich lässt, was ich getan!
Ihn verstoßen und versteckt,
Weil er anders war -
So mächtig, kraftvoll, gütig, selten,
So rar und wunderbar!
Oh Himmel, hab ich dich verwirkt!
Und deine Güte gleich!
Also werde ich nun büßen,
Mein Zepter mir entreißt!
Ihr Kinder, Erben meiner Selbst,
Zwölf seid ihr an der Zahl
Wie weise Schlangenträger sagte!
Zwölf Monate im Jahr!
Regieren werdet ihr gemeinsam,
Nacheinander fort,
Im Zyklus Zepter weiter geben,
Immer für einen Monat.
Das Jahr beginnend mit Ostara,

Dem Frühlingsfest der Frucht,
Und immer weiter schön im Zyklus,
Möge gedeihen Brut!
So wie ihr alle hier erschient,
So passt es wunderbar -
Der Erste, komm her, lieber Widder,
Du machst den Anfang, klar?"

Und so geschah es endlich,
Wie Zodiac gesagt -
Zwölf Monate des Jahres,
Zwölf Erben an der Zahl

Die Erben Tierkreiszeichens
Bewachen ihre Zeit
Monat für Monat,
Jahr für Jahr -
Für alle Ewigkeit

Sie regieren klar und gütig
Zu jeder Sekunde der Zeit -
Wie schön, dass du es endlich weißt -
Jetzt weißt DU Bescheid!

Scheu nicht und trage weiter
Dieser Geschichte Lied,
Sodass die Welt erfahren kann,
Wen es am Himmel alles gibt!

JULIA SEHRT

Julia Sehrt ist 1989 im ukrainischen Dnipro geboren und ist im Alter von knapp fünfzehn Jahren nach Deutschland eingewandert. Seitdem lebt sie mit ihrer Familie und den beiden Hunden in der Nähe des niedersächsischen Hannovers und widmet sich neben der Arbeit im Personalmanagement am Theater auch den "Windungen des Geistes" wie Poesie, Malerei, Musik und Tanz. "Sprache ist der Schlüssel zu allem und meine Worte erreichen jede:n" - ist einer ihrer Lieblingssätze, den sie augenzwinkernd im Alltag lebt.

"KINDER DES ZODIAC" ist ihr absolutes Herzensprojekt und - wie sie selber lachend sagt - ihr "Geschenk an die Menschheit", welches sie zwischen 2022 und 2023, inspiriert von den Geschichten und Mythen, die ihre Mutter ihr in der Kindheit erzählte, verfasste und seitdem auf den richtigen Augenblick für die Veröffentlichung gewartet hat.